小狗什么
都不少

献给我的兄弟大卫。

特别感谢玛格丽特·康诺利、安娜·维瓦斯、安德鲁·伯克胡特、蒂莫尼·马林斯、翠西、塔尼思和卢卡。

小狗什么都不少

Xiao Gou Shenme Dou Bu Shao

出版统筹：伍丽云
质量总监：孙才真
责任编辑：冒海燕
责任营销：廖艳莎
责任美编：赵英凯
责任技编：马其键

THREE

Text and illustrations copyright © 2019 by STEPHEN MICHAEL KING

Moral rights assertion:

Stephen Michael King asserts his moral rights as the author of this work Credit:

First published by Scholastic Australia Pty Limited, 2019

Simplified Chinese edition copyright © 2023 by Guangxi Normal University Press Group Co., Ltd.

This edition published under license from Scholastic Australia Pty Limited

All rights reserved.

著作权合同登记号桂图登字：20-2020-083 号

图书在版编目（CIP）数据

小狗什么都不少/（澳）斯蒂芬·迈克尔·金著、绘；
余治莹译. -- 桂林：广西师范大学出版社，2023.11
（魔法象. 图画书王国）
书名原文：THREE
ISBN 978-7-5598-6316-4

Ⅰ.①小… Ⅱ.①斯… ②余… Ⅲ.①儿童故事 –
图画故事 – 澳大利亚 – 现代 Ⅳ.① I611.85

中国国家版本馆 CIP 数据核字（2023）第 158912 号

广西师范大学出版社出版发行

（广西桂林市五里店路 9 号 邮政编码：541004）
（网址：http://www.bbtpress.com）

出版人：黄轩庄
全国新华书店经销
北京博海升彩色印刷有限公司印刷
（北京市通州区中关村科技园通州园金桥科技产业基地环宇路 6 号 邮政编码：100076）
开本：889 mm × 1 010 mm   1/12
印张：3 4/12   字数：40 千
2023 年 11 月第 1 版   2023 年 11 月第 1 次印刷
定价：49.80 元

如发现印装质量问题，影响阅读，请与出版社发行部门联系调换。

小狗什么
都不少

〔澳〕斯蒂芬·迈克尔·金/著·绘　　余治莹/译

GUANGXI NORMAL UNIVERSITY PRESS
广西师范大学出版社
·桂林·

一、

二、

三。

一、

二、

三。

对小狗阿三来说，每天就是

踩、踩、跳，

踩、踩、跳。

天晴时，太阳晒得他暖洋洋的。

下雨时，

雨水淋得他清爽舒适。

摇摇尾巴的话，就可以

吃得饱饱的。

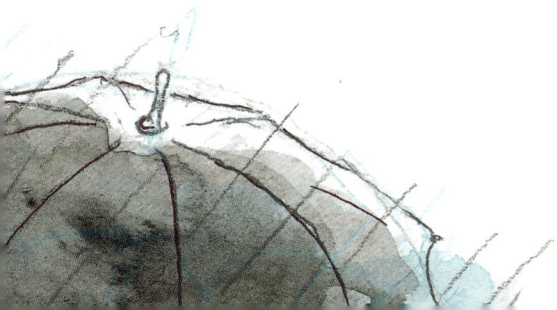

偶尔，

他会想找一个家

或找一个人，

来疼他一下。

但更多的

时候，

他会

或者跟着鼻子走。

到处闲晃，

阿三边嗅边走，

遇到了一只六腿怪。

小小的六腿怪在城市里

过得很辛苦。

阿三很开心，

因为小六腿怪的家在地底下，

离匆匆走过的大脚很远很远。

阿三边嗅边走,

遇到了一只八脚怪。

小小的八脚怪在城市里

过得很辛苦。

阿三很高兴,

因为小八脚怪的家在高高的地方,

离车水马龙的街道很远很远。

阿三很庆幸，

因为自己没有多得数不完的小脚，

或是用不到的长长的脚。

阿三很高兴，

因为自己没有四只脚。

如果他有四只脚就会变成椅子。

而椅子哪里也去不了，

两脚怪还会一屁股坐在上面呢。

阿三庆幸自己的脚可以自由行走，

他知道绿灯亮了才能过马路。

有一天，阿三跟着一股甜甜的微风

走了好远好远，

来到一个绿波荡漾，绿意盎然，

车子很少的地方。

阿三遇到头上有两只角的四脚怪，

还有长着翅膀，会下蛋的两脚怪。

阿三遇到一只粉红色的四脚怪，

他会从可爱的扁鼻子里发出呼噜呼噜的声音。

还有一只小东西，

有着两个大耳朵和两只大脚丫。

阿三遇到一个两脚怪，

她却假装自己有三只脚，

就像他一样。

她帮阿三倒了一杯牛奶，还把饼干分给阿三吃。

小女孩告诉阿三，她叫小蕨，

他们有很多一样的地方。

小蕨曾经摔断过手臂。

小蕨会自言自语，

会跟树木说话，

还会……

跟整座花园聊天。

小蕨的花园是好多六脚怪和
八脚怪幸福的家。

里面还有好多阿三以前没见过的怪物，
包括跳来跳去的四脚怪、会飞的六脚怪、
慢慢滑行的无脚怪。

在小蕨的家里，阿三还见到

一个单脚怪跟一个十二脚怪。

小蕨问阿三要不要留下来。这样一来，

小蕨、妈妈、弟弟和阿三就会组成完美的

四口之家。

小蕨给阿三盖了他专属的小窝，

里面温暖安全。

星期六的时候，

他们会用冰激凌搭配松饼当早餐。

小蕨很庆幸自己找到了新朋友。

阿三对这一切都很满意。